MW00950766

MEENA

Goes to India

मीना चली भारत

By Shauna & Tejas Rakshe

Mina lived in America with her mommy and daddy. Now it was time for her to visit Daddy's parents, Aaji and Ajoba, in India. She was excited about her big trip!

मीना अपने मम्मी-पापा के साथ अमेरिका मे रहती थी। जब दादा-दादी को मिलने के लिये भारत जाने का समय आया तब वो इतनी खुश हुई की पूछो मत!

First Mina traveled to India on an airplane. The plane ride was very long, but Mommy and Daddy brought lots of toys and books for her to play with.

भारत जाने के लिये विमान की यात्रा काफी लंबी थी। दिल बहलाने के लिये मम्मी-पापा मीना के लिये बहुत सारे खिलौने और किताबें साथ लाये थे।

After Mina and her parents got off the plane and went through immigration and customs, they got into a car to drive to Aaji and Ajoba's house.

भारत में एयरपोर्ट आने पर मीना और मम्मी-पापा कस्टम्स और इमिग्रे-
शन में से गये। एयरपोर्ट से बाहर आने पर सब दादा-दादी के घर जाने
के लिये गाड़ी में बैठ गये।

There were many interesting things to look at on the way. Mina saw cars, motorcycles, bullock carts, and bicycles.

रास्ते में मीना ने बहुत सारी मज़ेदार चीज़े देखी। गाड़ियाँ, मोटरसाईकलें, बैलगाड़ियाँ, साइकल।

Her favorite vehicles were the colorfully painted trucks!

लेकिन उसे सबसे ज़्यादा मज़ा आया रंग-बिरंगी ट्रक देख कर।

At last, Mina and her parents reached Aaji and Ajoba's house. Mina greeted her grandparents and gave them each a hug and a kiss. She was happy to see them again after a long time!

Mina was very tired from traveling. Aaji gave Mina a snack and helped her take a bath before tucking her into bed.

दादा-दादी के घर पहुँचने पर मीना ने उन्हें बड़े प्यार से एक पप्पी दी और गले लगाया।

इतने लंबे सफर से मीना बहुत थक गयी थी। दादीमाँ ने मीना को खाना दिया, नहाने के लिये पानी और सोने के लिये बिस्तर बनाया।

Everything in Aaji and Ajoba's house was very different from at home.

दादा-दादी का घर मीना के अमेरिका के घर से बहुत ही अलग था।

The noises outside were different. Instead of quiet insect noises at night, Mina heard cars and people, crowing roosters and bands practicing wedding music.

बाहर से आने वाली आवाज़ें भी बहुत अलग थीं।

रात में झींगुर की आवाज़ के बजाय उसे गाड़ियों के हॉर्न की आवाज़ें, लोगों के बोलने की आवाज़ें, मुर्गे की बांग और शादी के बैंड की आवाज़ें सुनाई दे रही थीं।

The kitchen was different. Instead of using a stove with an oven, Aaji cooked on a stovetop attached to a gas canister.

दादीमाँ का रसोईघर भी बहुत अलग था। वहाँ ओवन नही था।
उसके बजाय एक सिलिंडर और स्टोव पर दादीमाँ खाना पकाती थी।

Taking a bath was different. Instead of sitting in a big bathtub, Mina washed with a bucket and a mug.

नहाना भी एकदम अलग था। टब में बैठने के बजाय मीना एक बाल्टी में पानी और मग ले कर नहाई।

Even doing chores was different. At home, Mina helped Mommy and Daddy put the laundry in the washing machine and then in the dryer. At Aaji's house, a maid came to pump water, scrub the clothes by hand, wring them out, and hang them up to dry.

यहाँ घर के काम भी कितने अलग थे। अपने घर मीना मम्मी-पापा को वॉशर और ड्रायर लगाने में मदद करती थी। लेकिन दादीमाँ के घर में एक कामवाली आती थी और घर के पीछे हाथ-पम्प पर कपडे धो कर एक रस्सी पर सुखाती थी।

All the differences made Mina feel shy and strange. She ran into the garden, flopped down under a tree, and wished she could go back home. Daddy came out and sat down next to her. "What's wrong?" he asked.

"Everything is strange here!" said Mina, with tears in her eyes. "It's scary! I want to go back home!"

इतनी सारी नई चीज़ें देखकर तो मीना घबरा गई! भागकर वो घर के सामने आँगन में एक पेड़ के नीचे मुँह छुपाकर बैठ गई। उसे अपने घर वापस जाने की इच्छा होने लगी। तभी पापा बाहर आये और उसके पास बैठ गये। उन्होने पूछा, "क्या हुआ बेटी?"

मीना ने सिर ऊपर उठाया। उसकी आँखो में पानी था। वो बोली, "पापा, यहाँ सब कुछ कितना अलग है। मुझे यहाँ नही रहना। मुझे घर वापस जाना है।"

Daddy gave her a big hug. "Lots of things are different here," he agreed. "It can be hard to adjust. But remember, even if it seems strange, this is your home too. Aaji and Ajoba love you and want you to be happy here. You don't need to be shy."

"But what can I do so I don't feel shy?" asked Mina.

पापा नें मीना को गले से लगाया, और बोले, "सच कहा बेटी, भारत में बहुत सारी चीज़ें एकदम अलग है। लेकिन ये मत भूलना की ये भी तुम्हारा ही घर है। देखो, दादा-दादी को तुमसे कितना प्यार है और तुम खुश रहो यही उनकी इच्छा है। तुम यहाँ बिल्कुल मत घबराना।"

"तो मैं करूँ क्या?" मीना बोली।

"Hmm," said Daddy, and thought for a moment. "Let's have Ajoba show you around the garden. It's his garden and he's very proud of it. Why don't you call him? He's waiting for you."

"Ajoba!" Mina called. "Ajoba, will you please come show me your garden?"

पापा थोड़ा सोचकर बोले, "तुम ऐसे करो, दादाजी को बोलो की तुम्हें अपना बाग दिखायें। उन्होनें बड़े ही शौक से बनाया है वो। देखो वहाँ दादाजी खड़े हैं।"

"दादाजी, दादाजी," बोली मीना, "आप मुझे अपना बाग दिखाएंगे?"

"Of course!" said Ajoba, coming out of the house with a pleased smile. "I love to show off my garden." He pointed to the tree that Mina and Daddy sat under. "This is my chiku tree. Have a chiku!" He gave them each a sweet, juicy chiku to eat.

"हाँ बेटी, ज़रूर!" बोले दादाजी, और मीना को अपना बाग दिखाने ले गये। मीना और पापा जिस पेड़ के नीचे बैठे थे उसकी तरफ उंगली दिखा के वो बोले, "ये है चीकू का पेड़। ये लो एक चीकू।" ऐसे कह के उन्होनें एक मीठा चीकू मीना को खाने के लिये दिया।

"Yum!" said Mina, licking her fingers. Ajoba gave her a
handkerchief to wipe her hands on.

"अरे वाह !" मीना अपनी उंगलियाँ चाटते हुए बोली। दादाजी ने
अपना रुमाल उसे हाथ पोंछने के लिये दिया।

"This is my gavati chaha, for flavoring tea," continued Ajoba, "and these bushes grow eggplants." He showed Mina the shiny purple eggplants, her favorite vegetable. "Over there are Aaji's flowers. I see that everything is getting dry and thirsty. Will you help me water the garden?"

"और ये है लैमन-ग्रास का पौधा।" दादाजी ने कहा, "और यहाँ है बैंगन।" मीना को बैंगन की सब्ज़ी बहुत पसंद थी। "और यहाँ है तुम्हारी दादीमाँ के फूलों के पौधे। लगता है इन्हें बड़ी प्यास लगी है। इन्हें पानी की ज़रूरत है। तुम मुझे इनको पानी देने में मदद करोगी?"

Mina helped Ajoba water the garden. It felt good to do something useful and fun, and she forgot about feeling shy.

मीना ने दादाजी को पौधों को पानी देने में मदद की। काम में मदद करने से मीना की घबराहट तो जैसे दूर ही भाग गयी।

When they were done, she went inside and sat on the swing in the kitchen, where Aaji was drinking tea. "Would you like to help me do the pooja?" asked Aaji.

बाहर का काम खत्म होने पर मीना रसोईघर मे बंधे हुए झूले पर जा बैठी। वहाँ दादीमाँ चाय पी रही थी। दादीमाँ ने कहा, "मीना, तुम मुझे पूजा करने मे मदद करोगी?

"Yes!" said Mina. Aaji showed her how to gather roses, marigolds and jasmine from the flower garden.

"ज़रूर दादीमाँ !" बोली मीना । फिर दादीमाँ ने उसे गुलाब, चमेली और गेंदे के फूल तोड़ना सिखाया ।

Mina arranged the flowers in front of the devgher shrine, while Aaji lit the incense and the lamp. Then Mina rang the bell while Aaji said a prayer. Mina felt happy that she could help Aaji, too.

मीना ने देवघर के सामने फूलों की सुंदर सजावट बनाई। दादीमाँ ने दीया और अगरबत्ती जलाये। मीना ने घंटी बजायी और दादीमाँ ने आरती की। दादीमाँ को भी मदद करने से मीना तो बड़ी ही खुश थी।

When they were done, Daddy asked, "Are you feeling better now? Are you ready to go outside and see more of India?"

"Yes!" caroled Mina, skipping through the kitchen. "Let's have some more adventures!"

ये सब होने के बाद पापा मीना को बोले, "अब ठीक लग रहा है बेटी? अब पसंद आ रहा है भारत? तुम्हें पसंद आयेंगी ऐसी कई मज़ेदार चीज़े हैं यहाँ।"

मीना खुशी से उछलते-कूदते हुए आयी और बोली, "हाँ पापा, बड़ा ही पसंद आया मुझे भारत। चलो, और मौज-मस्ती करें!"

About the Authors

Shauna and Tejas created the Mina Goshti series for their young daughter. The difficulty of finding Indian-language picture books in the U.S. led them to offer the Mina Goshti books for other children to enjoy as well. They hope that these stories will help keep the overseas Indian community vibrant and connected to its heritage. Mina Goshti books are also available in Marathi-English editions.

To see other books in the Mina Goshti series, or to contact the authors with questions or suggestions, please visit www. minagoshti.com.

75573773R00024

Made in the USA
San Bernardino, CA
02 May 2018